너는 밀어낼수록 가까워진다

시와소금 시인선 · 127

너는 밀어낼수록 가까워진다

조정이 시집

시와 소금

가도가도 억새밭,
갈 수 있는 데까지
가보려고 한다

2021년 봄

조정이

| 차례 |

| 시인의 말 |

제1부 젖은 바닥

제4부 鳥:解

작품해설 | 최은묵

제 **1** 부

젖은 바닥

독과

그래, 너는 아무 잘못 없다

올려다 본 죄일 뿐

오후 두 시가 비었다

그늘진 골목을 두고 갔다

언덕을 오르내리며
흑염소 돌보느라 굽은 등
그림자로 남았다

그가 언덕을 오르면, 두 시구나
낮잠을 접고
논두렁밭두렁 서두르던 이웃을
두고 떠났다

다 털어먹고 들어온 고향
간신히 몸 눕힐 마을회관에서 눈 감기까지
허기진 뱃속 그늘 말리려고
그토록 언덕을 오르내렸는데

볕을 많이 받고도
끝내 펴지 못한 등

언덕길에서 주인 기다리는 흑염소들
공평한 햇살과 공평한 그늘을
나누어 뜯고 있다

장 영감 오르던 언덕이
평평해지고 있다

세숫대야

망원시장 난전에 앉은 노파
풋콩 한 자루 헐어
한 알 한 알
세숫대야에 담는다

이 골목 저 골목 데리고 다니느라
한때 뽀얀 했을 살갗이
부쩍 긁혀 있다

장맛비에 마당 수돗가에서
이끼 낀 얼굴로 연못처럼 앉았다가 나왔는지
채 마르지 않은 얼룩이
비루의 더께인 양 굳어간다

풋콩처럼 까매진 손톱으로 껍질을 끌어안고
한 종지 삼천 원 오천 원
허기진 목소리로 외치는 노파

이따금 먼지 묻은 대야를 닦아준다
까끌한 손이 닿을 때마다
한 종지 삼천 원 오천 원, 할머니를 흉내 내는
또 하나의 얼굴

난민촌

발자국 소리가 두려운 걸까
가까이 가 닿지도 않았는데
도미노놀이를 하듯 호수 가운데로 들어가는
청둥오리들

적의가 없어도 경계를 하는구나

총소리 피해 날아 왔을까
호숫가에 터를 잡고 앉아
서로 몸 비비며 아픈 곳을 쓰다듬고 있다
상처 자국 바라보는 물바닥이
세상바닥이구나
물버들 그늘 속에 보금자리를 틀어
그 와중에도 나날이
어린 것들 수가 늘어간다
남쪽에서 북쪽으로 걸쳐진 줄 하나에
햇볕에 널어 말려야할 헤진 깃털 즐비하게
가짓수가 점점 늘어만 간다

물가에 앉아 볕바라기 하다가 젖은 풀섶으로
머리를 숨기는 저 어린 예멘인들,

적의 없어도 경계를 하는구나

독경讀經

무논 개구리 우는 소리
산 넘어 암자에서 나는 염불소리다
어둠이 감추는 산 아랑곳없이
업장소멸 기도인지 곡진하다

흙밭에 뒹굴던 발
지근거리는 얼룩들
거울로 가라앉은 무논에 털어내기라도 하듯
뼛속에서 우러나오는지
공명으로 별빛을 흔든다

첫닭 울면 도량석을 치던
비구니 석담스님 경 읽는 소리가 저랬다
갑상선 말기 암 선고쯤이야
단전 깊숙이 울궈 내던 소리

쇠해진 달빛 그림자
무논에 앉히는 밤

해 뜨면 진창을 쓸어
악다구니 질러댈지라도
돌아앉아 가라앉히는 저 독경소리

비구니 삼매에 든 경지다

청사포

햇볕에
일 년 내내 그을리고도 푸른
바닷가 마을 초입에 들면
하루 한 번
그늘을 데리고 멱을 감고 오는
당산나무가 반긴다

인연의 끈이 짧아 닿지 못한
해양경찰이던 탁 형사가 손 붙들고 건너 주던 징검돌
애호박 썰어 넣고 끓인 갈칫국이 맛나던 횟집에서
뼈째 썰어 접시에 깔아 낸 안주로
소주잔 기울이면
입술 비릿해도 좋았다

어둠이 내리면
흰 등대 붉은 등대 불빛 따라
진해인지 거제인지 어디쯤 산다는 그가

그을린 얼굴 내밀고
불쑥 들어설 것만 같은

청사포 비린 입술부터
먼저 취할 것만 같은

태종사

영도 끝머리
해벽길 따라 들면
안개 품에 안긴 수국
달무리 져 웃는다

백수를 넘긴 노승이
손끝으로 피워 올린 달
유월 그믐 해거름에 가도
비탈이 환하다

몸을 끌며
다리를 절며
산문 찾아드는 보살들에게
한 송이씩 안겨주려고
비탈 가득 달을 심었을까

정토가 여기구나

지상에 뜬 달을 안고
보살들은
꽃자리로 밝아지겠다

젖은 바닥

비 그치고
발밑에 햇살 들겠다

그늘 덮어썼던 은사시나무
빈 가지에 눈을 틔운다

낮은 풀밭에 엉기어 눈물꽃 피우던 망초
엉덩이를 들썩인다

밟힐수록 단단해지는 파밭 이랑들

제 몸 쭈그러지고 뭉그러진 후에야
삼월의 감자 싹도
소리로 터져 나온다

담장을 타고 흐르던 종소리도
젖은 바닥에 발을 디뎠기 때문에
은방울꽃으로 핀다

어떤 씨앗도 마른 몸으로 울지 않는다

폐선역

레일 위 푸르게 달려온 날을
되짚어보는 거울 앞

무료한 거미가
새로울 일 없다는 듯
더께 낀 유리에 엎드렸다

무궁화호 붉은 객차
몇 량이 오고 가던 역
연착하던 화차의 시간들
침목 위에 그림자로 누웠다

달거리 끝난 여자처럼 누운 침목들
구름으로 덧칠하면 푸른 피가 돌까

금 간 창문으로 눈을 돌리는 거미
지워진 역사를 쓰려는지
안간힘을 다해
가는 줄을 잇고 있다

오직

헐거워진 집게발 하나로
농게가 집을 짓는다

온몸에 열꽃 핀 햇살을 바르고
태양을 돌려 깎아
출입구를 만든다

당신처럼
등딱지에 힘줄을 세운 채
주춧돌 놓을 나침반 읽어 낸 걸까

진흙 밭 벗어나지 못하고
등 따습게 기댈 수 있는
토굴 하나 짓는 일을
가장의 몫이라 생각했나 보다

퇴직연금 뚝 떼어
펄밭에 앉힌

눈부신 토굴 한 채

집게발 벌겋게 익은
그때 아버지처럼
그때 당신처럼

니스 해변에서

해변이 한적하다
유월 한낮 자갈돌이
자그락자그락 물살에 몸을 닦고 있다

이사도라 던컨이 오픈카를 타고
천국으로 내달렸던
해안길 말이 없다

낮은 안개 밀어 올린 바람이
높게 지나간다
아름드리 워싱턴야자가 춤을 춘다

몸집 굵은 연인일까
수영복에 비치타올을 두르고
파라솔 아래 누워 책을 읽고 있다

자갈돌이 닦아내는 몸과
초로의 연인이 닦는 마음

물빛만큼 푸르게 와닿는다

해운대 물빛이나 별반 다를 건 없지만
색안경 벗고 다가가 보는
한적한 니스 해변
두근거리는 유월의 한낮

꽃꽂이

삭은 가지에
피어버린 발자국들 잘라낸다

꽃을 잘라
수반에 꽂는 일은
푸르렀던 시간으로
되돌리고 싶어서다

나비가 날아들 것만 같은 오후
다시 꽃봉오리로
돌아와 앉는 시간이다

잘려나가고
뜯겨지면
가뿐해지는 꽃가지

앳된 나를
수반에 꽂아본다

남아있는 꽃잎들 더욱 짙다

호숫가

갓난쟁이 울음이 소란하다

강바람 헤치고 온 청둥오리 어린 것들

한 철 머물다 떠날 응석받이들

서툰 날갯짓 부리 맞대고 물어뜯는

싸움질도 살가운

제 2 부

빌레못 동굴

꿈, 산사에 들며

먹물 옷 입고

일주문 들어설 때

긴 머리카락을 잘라 길섶에 묻었다

지천명 넘긴 나이

남편과 아이들 벗어 둔 쪽으로

돌아서서 합장을 했다

봄눈 오는 밤

부엉이가 중저음으로 운다

떡갈나무에 겹겹이 쌓인 어둠을 열며
끊어질 듯
끊어질 듯 다시 이어지는 부-엉

밤새 깊은 울림에 빠져 잠이 들면
뒷날 아침엔 마당에 눈이 쌓였다

나뭇가지에 앉아 어둠을 들어 올리는 소리
골목 저만치서 창틀을 밀고 들어서는
휘파람처럼

자고 나면
장독대에도 그의 하얀 목소리가
덮여 있을 것만 같은
정월 스무아흐레 밤

부엉이가 불러낸 진눈깨비
수북이 쌓이고

속엣말

생강 저미듯 재어 놓은 생각들 봄바람으로 불려 나갔으면 좋겠다

발소리 들리지 않게 날아가 꽃잎처럼 흩날려도 좋겠다

입술을 열면
팝콘처럼 쏟아질 것만 같은
속말

누군가의 귓불에 닿기 전에 녹아 없어지면 좋겠다

봄빛을 몰아오면 좋겠다

걸레

통도사 대비광보살이 산문에 들면
삼배를 마치고
해우소에 간다

금강계단에 탑돌이 하자며 따라 왔는데
보살은 해우소로 먼저 가 변기를 닦는다
노상 해 오던 일이라는 듯
오물을 치우고
휴지통을 씻어 말린다

문지르는 바닥 물 부어 가시는 소리가
법문인 듯 귀를 열어 두고
접었다 펴고
폈다가 접는 걸레가 경전인 듯
벽을 열고 또 벽을 닫는다

'해우소에서 삼 년을 걸레로 살면 못 이룰 원이 없다네'

나도 어느 작은 절 해우소에서
걸레 한쪽 될 수 있으려나
돌아보며 웃는 저 걸레
광채가 난다

중문 우체국

다보탑이 새겨진 우표를 붙이고
손끝을 떨며 편지를 보내던 우체통이
먼지로 잠겨있다
문고리 없이 잠긴 중문이
덜컹거리는 한낮
182번 공항버스가 날라다 준
바람이 뒤적이는 주소엔
도로명이 없다
과년한 딸을 둔 노모가
뭍 소식을 기다리고 있는 걸까
우체국이면서
버스정류장이 된 이름 앞에 오래 서성인다
바다만 바라보던 담팔수나무가
흔들리는 손바닥으로 유리창을 닦아내도
당신이 끓이는 애가
통유리에 얼룩으로 번진다

다솔사

해우소 앞
밑동 열어놓고 백골 된 나무가 서 있다

날 선 한파에
몸 풀 곳 만드느라
배부른 살쾡이가
밤낮 네발로 할퀴어 나무 굴을 팠을까

한 자 세 치도 더 될
문짝 없는 문이 열려 있다

선 채로 동굴이 된 나무
사변둥이 오빠 태어난 뒷산 방공호 속
여름내 젖내 배인 굴도 저랬을까

마른 둥치 뼈골 바깥으로
진언을 치듯 햇살 쏟아져 내리는
바다, 배냇저고리 속 털 수북한
차가운 요람

가면 속에서

안개는 가면이다
아침 호수가 덮어쓴

눈을 뜨고 있어도
호수는 근시 화면이다

얼굴을 가리면 앞집에 있어도
코끝을 모르는 사람들

볼 수 없어도
귓전으로 들리는 뒷담화

물결을 밟던 오리마저 보이지 않는다
구름마저 가라앉았다

가창오리 날아 간 사이
호수는 지금
쌀밥을 뜸 들이는 중이나

낡아가며

너덜겅 돌밭에
감나무 키우느라
콧등이 헐고
뒤꿈치 닳아 기울어진 고무장화
기름기 죄다 빠졌다
별 무더기로 핀 감꽃
봄날 내내
숨 돌릴 틈 없이 솎았다
독 오른 뱀
풀섶 휘젓고 지날 때
놀라 헛디딘 적 더러 있지만
아직은 복숭아뼈 보호할 수 있는 나이
흙 묻은 채
낡아가는 장화 두 짝

로봇청소기를 돌리며

생각을 오래 할수록
탈모가 생긴다는 말을 듣고
미용실에서 씁쓸하게 웃던 기억이 난다

한여름에도
챙 없는 모자를 눌러 쓰던 친구

모자 안쪽 비밀을
궁금해한 적이 있다

산속 암자에서도
청소기를 돌리는 걸 보면
삭발을 해도 비밀은 자라나 보다

귓불 뒤쪽, 비어버린 머리를 만져본다

로봇청소기가 가져간
동전 크기의
비밀

직박구리

멀건 두 시 대낮이다

붉은 물이 쏟아지는 자두나무에
사내가 들어섰다

핏발 선 눈동자를 좌우로 굴리는 사내
오래전부터 벼려 왔던 눈치다

붉은 입술을 느닷없이 파고들던
당신의 가슴팍에 찍어놓은 입술 자국처럼

자두나무에 별을 매달고 날아가는 직박구리

잎사귀 사이로 별이 반짝인다

검은 꼬리 당신이 머문 가지에도 빛이 난다

빌레못 동굴

애월 어음리
음산한 바람이
이끼로 걸어 잠긴 철문을 밀고 나선다

구멍 뚫린 잔돌이 뿜어내는 역사를
파란 서체로 받아 적으려는 듯
고사리 이파리가 펜대처럼 흔들린다

굶주림보다 더 무서웠던 건
토벌대의 군화 소리였을까

곯은 배로 아이를 품고
동굴 벽에 붙어 숨죽이던 어미를 기억하는 듯

애월 오름 양머위꽃
아직도 불안하게 떨고 있다

꼬리박각시

당신을 펼친다

아무리 들여다 봐도 해득할 수 없는 문장이다

달빛이 뒤꿈치를 갉아 먹는 밤

꽃잎만 찾아다니던 날개가 앙상하다

창문 밀치고 날아가고 싶은지

힘에 부친 고개를 바깥으로 두고 있다

마당을 벗어나지 못하는

이젠 가늘어진 바람의 언어

감나무밭에서

알을 품고 있는 줄 몰랐다
감나무 밑에 둥지를 틀 줄 정말 몰랐다

동그마니 남아있는 꿩알 일곱 흩어져 뒹군다

더 이상 풀을 베지 못하고 꿩을 추스른다
예초기 지나간 풀잎 위에 어미를 눕히고
날개 밑에 일곱 알을 놓고는
황토를 덮어 토닥여 주었다

저 일곱 아이를 품고
천당까지 오르길 기도했다

옴 아모카 바이로차나 마하무드라 마니 파드마 즈바라 프라
바를타야 훔

감나무밭을 빠져나올 때
발길 떨어지지 않았다

제 **3** 부

손가락 법문

상강

초사흘 달이 마당을 쓴다

백령도쯤에서 날아올 눈발처럼

눈 소국 덮은 저녁이 희끗하다

너에게로 기울어진 저녁과

달빛이 구별되지 않는 밤

주머니에서 만지작거리던

시월의 꼬리를 꺼내본다

문득 다가오는 눈발이

곡선으로 서 있던 밤을 쓸고 간다

佛, 떠돌다

버려진 검정개 한 마리
목줄도 없이
평지저수지 둑에서 운다

불목하니로 살아
장작더미 속에 뒹굴다
하늘로 오른
도솔암 윤 거사가 곡주 절어 내뱉던
소리로 운다

인간 몸 받지 못했구나

공양간 비벼놓은 나물밥도
불어 터져야 챙겨 먹던 처사
몇 번 생을 벗어야
한뎃잠 면할 수 있으려나

벚꽃 지는 아침

윤 거사 바람에 머리를 맡긴 채
곡주에 취해 운다

흔들림에 대하여

쇠 물고기
처마 끝에서 염불을 한다

바람에 익어 붉어진 목소리다

절 밖 멀리까지 다라니진언으로
흔들리는 지느러미가
신발을 불러 모으고 있다

법당으로 몰려드는 신발 수에 따라
염불 소리 커졌다가
작아지기도 한다

햇살에 말라 얇아져 가는 몸
등뼈마저 삭아
해탈에 이를
쇠 물고기가

불전함에 눈을 떼지 못하고,

명자꽃

꽃 핀 명자나무 가지를 잘랐다

꽉 찬 꽃송이를 뜯어낸다

이명자 김명자 박명자 최명자

비밀스런 물기를 품고 있던 그녀들

붉디붉은 속살을 들여다보듯

지나간 봄날이 떠오른다

숱한 꽃잎 떨어져 나가고

빈 가지에 붙어있는 꽃

바람도 구름도 말라버린 꽃가지를

오지항아리에 꽂는다

주파수 한 줄에서

방문을 걸듯 바깥을 걸고
소리에 매달린다

눈이 많이 내려 귀가하지 못한 사람들에게
'한여름 밤의 꿈'을 들려주는 디제이

너를 듣는다

너는 멀고, 밀어낼수록 가까워진다

우리는 같은 주파수를 맞추고
귀 기울고 있는 건 아닌지

밤을 덮은 너의 목소리

눈발이 날리는 동안만이라도
잡아둘 순 없을까

바깥을 걸고
라디오의 귓불을 쓸어본다

너는 멀고

잡히지 않는 97.7MHz

바람의 우체국

바닷가에 사는 늙은 소녀가
택배 꾸러미를 챙겨
외지로 보내는 관문입니다

문턱이 없습니다

예전에 한 소녀가
전방에 보낸 위문엽서 한 장으로
인연의 끈 묶은 일도 있습니다

건물 외벽에 붙은 새를
물새라 불러도 좋겠지요

문밖에 선 후박나무도
몸에 주름을 만들며
우체통과 함께 늙어가겠지요

늙은 소녀가 손녀의 손을 잡고 들어섭니다

머지않아 어린 손녀도 소녀가 되고
딸아이의 손을 잡고 우체국을
드나들겠지요

우편물을 챙긴 바닷바람이
눈인사를 건네는 오후입니다

손가락 법문

물 위에 뜬 꽃을 잘랐다

꽃물 배인 손가락

붉은 연꽃이
지문을 덮었다

잘린 꽃의 핏물이 마른
지문을 들여다보면

꽃의 목을 많이 자르면
저승 갈 때 천당 길 찾기 어렵다고
설법하시던 스님
말씀이 피어오르는 것만 같다

한 말씀 법문이
손바닥으로 퍼지고 있다

젖은 곳을 밝히던 꽃등이다

국희

남편 보내고 한물간 국희
사모님을 벗어 던지고
강남터미널 꽃상가에 들었다
할 줄 아는 일이라곤
오래전 배운 꽃꽂이 솜씨뿐

장바닥 죄다 쓸고
꽃다발 날라 주다
구석진 매대 한 칸 잡았다

꽃밥 먹은 이십 년 몸 들이고 나니
죽음 앞까지 간 꽃도 살려내는
마술사가 되었다

물 내도 꽃 내도 섞이면
한통속이라는 걸 아는 국희

가위로 방금 잘린 꽃처럼 싱싱하다
어제보다 만개한 꽃집 여자

물그림자

저수지는 강물이 되지 못한다고 투덜거리지 않는다

허리를 풀어 담수로 앉아 느긋해질 때까지
허둥대던 발목이다
구름으로 떠다니다 접질리기도 한
역마살 붙은 발목
울컥 그림자를 품는다

햇살 물결 위에 내려앉은 오후
아무에게나 보이고 싶은
파랗게 절여진 속내 펼쳐놓고
저수지는 하늘이 된다
그럴 때면 물별이 떠다니는 하늘

바다로 죽으러 가는 강물을 부러워 않는다

꽃피는 식탁

유리병에 담긴 프리지어 무슨 맛을 낼까

블라인드 틈으로 스며든 햇살과 버무려 본다

꽃병뿐인 식탁에 침이 고인다

꽃잎 식탁 위에 치즈가루를 뿌린다

꽃잎과 햇살과 치즈가루 섞여

꽃망울처럼 핀 마카롱 한 끼

창문을 열면 딱새 같은 사람 날아올 것만 같은

달콤한 한낮

안마사

건물 입구에 수국이 웃고 섰다
눈우물이 패인 그녀
어둠 너머까지 꿰뚫어 보는
꽃 앞이다

저렇게 부풀려진 꽃이
꽃 망치라니

어둠이 내려앉은 어깨를 내려친다면
꽃 망치 앞에서
나도 꽃메 맞는 꽃이 되는 건가

무슨 짐을 졌기에 어깨가 이리 비뚤어졌을까

허방으로 웃는 꽃

머리부터 발끝까지 망치소리 들릴락 말락
반듯하게 엎드린 몸을 친다

뭉친 어둠이 흥건히 붉어지고 있다

윤슬처럼

바다를 닮은 창 안에서
타로점을 치는 여자가 있다

파도를 마시고
더 파랗게 자라는 마을을
지키는 여자가 있다

한 이불을 덮던 남자를
바다에 묻은 여자

타로점으로도
남자의 내일을 알지 못했을까

혼자 있을 때면
테이블에 한 장 한 장
윤슬처럼 남자를 펼치는
바다 바라기

흰여울문화마을에 가면
바다색을 입힌 집이 있다

줄을 풀며

성에 낀,
겨울 아침
허공에 두른 천막처럼
거미 한 마리 유리에 엎드렸다

지난가을
키 높은 유리 벽에서
왼쪽에서 오른쪽으로 문장을 읽어내듯
몸을 흔들거리던 사내다

찬 빌딩 벽에 붙어
대출받은 학자금을 갚아내기 위해
얼어 있는 바깥세상을 걷어낸다던 창호일까

창문에 매달려
언 풍경을 녹여내야 오는 봄
두꺼운 유리문 안과 밖으로 계절이 갈라져 있다

거미는
검은 성에로 엉긴 줄을 풀며
봄으로 가는 길을 낸다

얼룩진 몸을 허공에 걸고
겨울을 닦아내고 있다

제 **4** 부

烏·解

배롱나무 아래

— 물방울 화가 영전에서

배롱나무가 젖었다

생몰 연대가 적힌 표지석에 물방울이 맺혔다

눈물 뿌리기도 전에

먼저 온 빗방울이 곡을 했나 보다

어깨에 흰 띠를 두른 까치가 문상객을 맞는지

흰 배를 접으며 절을 하는 것만 같다

물방울무늬 걸린 미술관 뜨락

옷 벗은 배롱나무가 젖은 채로 서 있다

먼지가 되어

당인리 발전소 앞 벚꽃 길
꽃잎이 쌓였다

거리를 뒤덮은 허물들
쉽사리 쓸려갈 것 같지 않다

한때 화려했을 뿐
뒷전에 물러난 예능인처럼
뒷모습 후줄근하다

더 이상 꽃이 아닌
바닥의 꽃잎들

먼지가 되어 간다
짧게 웃다 간다

상동댁

호미 끼고 흙밭에 퍼질러 앉아
평생을 뒹굴던 그녀가 갔다

물기 고인 들깨밭
자루가 불어 튼 호미
우수 경칩 지나고 들깨 모종 부어야 할 텐데

들깨밭에 호미 던져두고
안개가 미는 꽃상여 타고
그녀가 갔다

날 들면 고추모 강냉이 씨앗 촉 틔울 때
눈 맞춰 줄 그녀가 없는

우수를 앞두고
새파란 얼굴로 젖어 있는
일흔다섯 평 들깨밭

烏:解

대숲 위로 검은 무희들 솟구친다

무서운 건 부리가 아니라 눈빛이다
강물이 엎드린다
댓잎이 낱낱이 날을 세운다

백번 죽고 백번 깨어나도 너는 검은 유랑민이다

눈빛 날개 감추고
춤을 춘다, 비명은
검은색으로 달려온다

댓잎에 걸린 함성이 군무다

먹물로 풀린 구름 속에서
짙은 대숲이 굽어질 때까지
속살을 풀어내는 일은 쉽지 않다

더럽혀진 이름 칼날 위에 올려놓고
날개 퍼덕이면
굽은 대나무 솟아오를 때
흰빛으로 태어날 수 있을까

춤으로 풀어내는 몸짓이 기도다

정물화

사과 한 접시
와인 잔 두 개
얼음에 채워진 샴페인 병

그림 속으로 걸어 들면
산티아고 순례길 하숙집 주인 닮은

파마머리를 한 여자가
붉은 헤어밴드처럼 웃고 있다

벽난로에 장작 타는 소리로
웃음을 받는 남자의 눈빛이
등을 구부렸다

난로 위 끓고 있는 찻물처럼
창틀에 매달린 소국향
달콤한 저녁

샴페인 기포 끌어안고
한 점 그림으로 걸려 보는
그림 밖 여인

어느 발인

사이렌 독을 버리러 갑니다

밥을 먹는 동안에도 귀로 몰려오던 소리
쇠줄 손목시계에 매달렸던 소리도
국화 향에 돌려 털어냅니다

소방 호스 잡아당기던 팔뚝에 꿈으로 새긴
구겨지지 않는 꽃을
묻어버릴 뻔한 적 많았습니다

이제 불자동차 뒤에 매달려
뒤꿈치 갈아 먹는 앰뷸런스 소리도
발광하는 불꽃도 따라오지 않겠지요

훌쩍이는 새벽을 걸어 나와
병실 창문을 바라봅니다

태극기 한 장으로 덮인 몸

방향을 틀면 사이렌 소리
잔열처럼 남겠지요

일곱 시 삼십 분
살수차에 햇살이 머무는 시간입니다

싱거재봉틀

친정어머니 쓰던 싱거재봉틀이
언니네 안방에 모셔져 있다

언제부터 저 자리에 있었는지 알지 못한다

달빛이 창문으로 얼굴을 디밀면
언니는 노루발을 놀리면서
어릴 적 엄마를 돌리고 있는 걸까

자투리 꽃무늬 헝겊들 이어 붙여
허리치마 주름 잡느라
늦도록 발판을 돌리던 엄마

언니랑 똑같은 치마 입고
우리는 골목을 날아 다녔다

장마 속에 물외 자라듯
키 기던 남동생들

아침에 입고 나설 뜯어진 교복 솔기를
밤마다 밟아대던 발틀

녹슬어 가는 노루발에 헝겊을 끼우고
저 발등을 밟으며
달빛을 새기고 싶은 밤이다

택배

가을 전어 스무 마리 얼린 것
잔챙이 말린 생선
고춧가루 열 근
열무김치 한 통
콩이파리 물김치

물색 날아간 양산을 쓰고
삼천포 부둣가 난전을
몇 번이나 돌아다녔을 것이다

낡은 양은 양동이는
칠십 넘은 형부에게 들리고
언니는 앞장을 서서 사다 날랐을 것이다

칠 남매 장녀 손 큰 여자가
칠순 맞는 기념으로
스티로폼 대짜 박스에
꾹 눌러 담은 정情

잘 먹고 잘 살은 공덕으로
집집이 한 박스씩
택배로 보냈다고 한다

풍선인형

바람 빠진 소년이 있다
체크무늬 반바지에 흰 타이즈를 입고
감색 운동화를 뽐내던
극장 집 아들이 있다

입술에 갖다 대면
부풀어 올라 날아갈 것만 같다
손잡고 까불던 웃음이
내 주먹을 꽉 쥐고 있다

먼 곳으로 날아올라 하늘 저쪽 사라질까
구름 속으로 묻혀버릴까
분가루 묻힌 채
꾹꾹 눌러둔

입술에 대지 못하고
주먹 속에 구부러져
퇴색된 풍선이
내게도 있다

진영읍

시외버스 정류소
막 출발하려는 부산행 버스 앞

절인 오이지처럼
몸에 물기를 터는 사내

장날이면 술에 절어
허물 벗듯 지린내를 쏟아내는 몸 끝

속살까지야 볼 수 없었지만
젖어 있는 바닥에서
이국땅 지도 한 장 펼쳐 본 느낌

볼거리 많은 소전머리 돌아온
병든 황소울음처럼 아랫도리 출렁이는

장날의
그렇고 흔한,

겨울, 저수지에서

눈 내린 뒷날이다
참새 발자국조차 찍힌 흔적이 없다
눈길에서의 눈물은 보석이다
이런 날엔 손톱 속 남아있는 봉숭아꽃
그려본다
먼저 도착한 햇살이 노려보는 것만 같다
간밤을 질문할 풍경이 머리를 든다
얼어버린 수면이 대답이 없다
수면 위로 발자국을 찍지 못한 청둥오리들
웅크린 채 피어오르는 연기만 바라본다
밤새 비워내지 못한 열기가
땀방울로 쏟아지던 새벽녘처럼
지금 저수지에 누군가 군불을 지피나 보다

슬슬 물바닥이 끓고 있다

시인의 속말, 그 깊은 진언

최 은 묵

(시인)

시인의 속말, 그 깊은 진언

최 은 묵
(시인)

사물에 다가가는 거리는 대상마다 다르다. 이런 다름의 공간
에서 다름의 울림이 발생한다. 이것이 시인의 고유한 색깔이며
시집 한 권은 시인이 보여주려는 시세계의 어느 한 부분이다.
이때 시인과 사물의 관계는 복잡하다. 우리는 작품을 통해 얼
마의 겉과 얼마의 속을 엿볼 수 있을 뿐 시인의 화두에 완벽하
게 다가갈 수 없다. 삶의 단면이 투영되었다고 하더라도 온전
히 시인의 삶을 관통할 수 없는 상황에서 작품으로 만나는 세
계는 드러남보다 숨겨짐이 훨씬 크기 때문이다.

조정이 시인의 두 번째 시집 『너는 밀어낼수록 가까워진다』

는 사물을 외면하지 않되 침범하지도 않는 경계에서 언어를 모으고 있다. 시집 전체를 살펴볼 때 표제는 그 자체로 시인의 내면을 관통하는 상징이라 할 수 있다. 때론 순응하고 때론 저항하는 삶의 파장을 사물에 얹어 내보이는 과정에서 조정이 시인이 보여준 보폭은 지독하리만큼 침착하다. "밀어낼수록 가까워진다"라는 여백 큰 문장으로 시세계를 만들 수 있다는 건 조정이 시인이 지닌 힘이다.

시인은 사물을 일방적으로 밀고 당기지 않는다. 이는 시인이 체득한 몸짓이며 존중이다. 관계는 쌍방이다. 때론 손끝으로 때론 눈빛으로 사물의 속말을 읽으며 고유한 떨림을 먼저 느낀다. 그래서 막연한 무엇이 아니라 주변에서 만난 서사는 실체의 떨림을 담보한다. 이렇게 진동을 함께 느낄 수 있는 울타리로 조정이 시인은 독자를 초대한다. 울타리 안에 모인 이들은 다른 모습을 한 '나'이며 동시에 나는 다른 모습의 '그들'이다. 나와 그들은 속의 언어로 교감한다. 그러니 밀어냄과 가까워짐은 속을 나누는 일이며 시인의 역할은 꾹꾹 눌러놓은 속말을 더듬어 꺼내는 일이라 할 수 있다.

생강 저미듯 재어 놓은 생각들 봄바람으로 불려 나갔으면 좋겠다

발소리 들리지 않게 날아가 꽃잎처럼 흩날려도 좋겠다

입술을 열면

팝콘처럼 쏟아질 것만 같은

속말

누군가의 귓불에 닿기 전에 녹아 없어지면 좋겠다

봄빛을 몰아오면 좋겠다

                    ─「속엣말」 전문

　밀어냄과 가까워짐을 자의와 타의로 단순히 도식화하기엔
부족하다. 때로는 말과 행동이 상반된 모습으로 표출되는 경
우가 흔하다. 이런 언어는 미묘하고 복잡하다. 어쩌면 시가 지
닌 매력 중 하나는 겉과 속의 복잡 미묘한 관계에서 생긴 언어
의 파장일지도 모른다. 이렇게 볼 때 「속엣말」은 조정이 시인의
어법을 유추하기에 넉넉한 작품이다. 이 시에서 보여준 반어적
수사는 고정관념을 깨는 방식이 유쾌할 수도 있다는 것을 증
명한다. "생강 저미듯 재어 놓은 생각들"은 "속말"의 성질을 여
실히 보여준다. 이런 자극적인 생각을 밖으로 꺼내는 일은 조
심스럽다. 매콤하고 알싸한 맛은 여운이 길다. 조정이 시인은
"생강"의 맛을 "봄"으로 변주한다. 이런 엉뚱하고 어울리지 않
는 조합에서 이 시는 큰 힘을 가진다. "봄바람", "꽃잎", "팝

콘", "봄빛"으로 치환된 속말은 한(恨)이나 독(毒), 아니면 어떤 밀어(密語)라는 누적된 시간을 품고 있음에도 그것이 '속'에서 '겉'으로 표출되는 순간의 섬세함을 보여준다. "귓불에 닿기 전에 녹아 없어지면 좋겠다"는 고백은 들킴과 들키지 않음의 혼재이며 갈등의 절정이다.

"속말"은 과연 무엇일까? 그것에 대한 경우의 수는 가슴에 속말을 담고 살아가는 모두가 다를 것이다. 선을 긋지 않고 상상의 영역을 열어놓음으로 다양해진 시인의 속말들은 또 어떤 모습으로 나타날까?

쇠 물고기
처마 끝에서 염불을 한다

바람에 익어 붉어진 목소리다

절 밖 멀리까지 다라니진언으로
흔들리는 지느러미가
신발을 불러 모으고 있다

법당으로 몰려드는 신발 수에 따라
염불소리 커졌다가
작아지기도 한다

햇살에 말라 얇아져 가는 몸
등뼈마저 삭아
해탈에 이를
쇠 물고기가

불전함에 눈을 떼지 못하고,

— 「흔들림에 대하여」 전문

인간의 욕망은 종교의 엄숙함 앞에서 어떤 모습일까? 기도를 하고 절을 하고 무언가를 비는 겉모습은 과연 내면과 동일할까? "쇠 물고기"인 풍경(風磬)은 처마 끝에 달린 작은 종으로 들고 있으면 저절로 마음이 차분해질 것 같은 소리를 내지만, 이 시에서는 사찰의 속마음을 환유한다.

세속의 욕망을 강렬하게 비출 수 있는 사물을 만나기까지 시인이 접한 세상의 욕정은 다양했을 것이다. 그럼에도 속세를 벗어나 수행을 하는 법당을 배경으로 인간의 위선과 욕심을 표현하기는 쉽지 않았을 것이다. "처마 끝에서 염불을"하는 물고기는 누구일까? "염불"을 한다고 "해탈"에 이르는 것이 아니라는 메시지가 한편으로 이 시의 묵직한 소리지만, 단지 그만큼에 머무르지 않고 위선이라는 또 하나의 '속'까지 눈길을 두었다는 점이 이 시가 지닌 화두이다. 시적 화자는 "몰려드는 신발 수에 따라/ 염불소리 커졌다가/ 작아지기도"하는 법당의 모습을 보여준다. 하지만 화자는 이런 모습을 보여주기만 할 뿐 속말을 꺼내지 않는다. 소리가 없어도 전달되는 언어는 그래서 무겁다. 종일 법당 처마에 매달려 염불을 외는 쇠 물고기는 다른 세상에 있는 특정 인물이 아니라 바로 이 시대를 풍자한다. "햇살에 말라 얇아져 가는 몸/ 등뼈마저 삭아/ 해탈에 이를" 겉모습과 "불전함에 눈을 떼지 못하고,"있는 속내가 일으키는 충돌은 제목으로 쓴 '흔들림'이라는 단어가 차라리 부드러울 정도로 강렬하다.

세상에 간섭하지 않고 세상을 말하는 힘은 어디에서 나올까? 관조(觀照)는 종교뿐만 아니라 문학에서도 유효하다.

갓난쟁이 울음이 소란하다

강바람 헤치고 온 청둥오리 어린 것들

한 철 머물다 떠날 응석받이들

서툰 날갯짓 부리 맞대고 물어뜯는

싸움질도 살가운

― 「호숫가」 전문

조정이 시집 『너는 밀어낼수록 가까워진다』는 시인과 사물의 다양한 간극을 보여준다. 간극은 감정에 함몰되지 않고 객관적 울림을 만드는 분명한 공간이 된다. 「호숫가」는 이러한 울림을 보여주기에 충분한 작품이다. 일편 단조로운 시골 풍경 스케치 같지만 그 이면에 깔아놓은 시인의 물음을 놓쳐서는 안 된다. 도시와 농촌의 인구 구조는 이슈 중 하나다. 이제 시골에서는 아이 울음을 듣기 힘들다. 사람 냄새를 그리워하는 이들에게는 소란함조차 정겹게 들릴지도 모른다. 그 소란함이 "갓난쟁이 울음"이었으면 하는 바람으로 이 시는 시작한다. 마을 전체가 아이 울음으로 하나가 되는 상상은 어렵지 않다. "청둥오리 어린 것들"은 갈망이 투영된 사물이다. 시인은 어린 청둥오리에게서 갓난아이의 서툰 몸짓을 찾아낸다. 하지만 마지막 연 "싸움질도 살가운" 뒤에 함축시킨 속말은 소란함은 고사하고 시골의 고요를 반어적으로 묘사한다.

이처럼 들리는 언어보다 보이는 언어가 지닌 울림은 크고 길다. 조정이 시인은 입이 아니라 눈으로 속엣말을 꺼낼 수 있다는 걸 가만가만 보여준다. 삶의 어느 마디쯤에 걸려있는, "싸움질도 살가"웠던 기억에 빠져들지 않고 차분하게 시적 대상과 거리를 유지하고 버티는 힘은 어디서 오는 걸까? 어쩌면 시인의 삶에서 엿볼 수도 있지 않을까?

먹물 옷 입고

일주문 들어설 때

긴 머리카락을 잘라 길섶에 묻었다

지천명 넘긴 나이

남편과 아이들 벗어 둔 쪽으로

돌아서서 합장을 했다

—「꿈, 산사에 들며」 전문

앞에서도 살펴보았지만 조정이 시인의 사유는 뒷맛이 길다. 어쩌면 읽는 이의 공간을 열어두려는 의도일지도 모른다. 「꿈, 산사에 들며」도 마찬가지다. 사람들은 그림 같은 시 앞에서 오래 걸음을 떼지 못한다. "지천명 넘긴 나이"의 화자는 아무 말 없이 행동으로 자신의 속말을 보여준다. 이때 산사에 드는 행위는 이데아이고 "꿈"은 복잡한 명제다.

50세를 넘긴 여성의 삶은 이 시의 배경이다. 물론 이 배경이 수면 중에 꿈을 꾼 내용이든, 아니면 실제로 간절히 바라는 희망이든 그건 상관없다. "긴 머리카락을 잘라 길섶에 묻"는 일을 상징으로 읽는다면 "일주문"은 이전과 이후의 경계이며 동시에 삶의 변곡점을 의미하는 셈이다. 구구절절한 사연이 붙었다면 차라리 독법을 방해했을 것이다. 잘라낸 앞뒤의 서사는 화폭에서 여백으로 남았다. 거기가 바로 독자의 공간이다. "먹물 옷 입"는 대신 "남편과 아이들 벗어" 버린다는 대목은 숨막히게 고요하다. 화자의 몸짓 외에 세상의 무엇도 끼어들 수 없는 장면에서 화자는 걸어왔던 삶의 길을 돌아본다. 이때 돌아봄은 '이전'의 삶에 대한 미련이 아니라 '이후'의 삶을 위한 신념이다. "합장"은 그런 다짐을 완성시킨다. 그러므로 "합장"은 작별인사가 아니라 모두의 안녕을 위한 기도이며 "꿈"에 다가가는 입구인 셈이다.

사람들은 숱하게 선택과 결정의 순간을 맞으며 살아간다. 이 시는 "산사"라는 이미지를 표면에 등장시켰을 뿐이다. 그러니 "꿈"을 번뇌에서 벗어나고 싶은 간절함으로 읽는다면 시인의 속내에 조금이나마 가까워졌다고 할 수도 있을 것이다.

저수지는 강물이 되지 못한다고 투덜거리지 않는다

허리를 풀어 담수로 앉아 느긋해질 때까지
허둥대던 발목이다
구름으로 떠다니다 접질리기도 한
역마살 붙은 발목
울컥 그림자를 품는다

햇살 물결 위에 내려앉은 오후
아무에게나 보이고 싶은
파랗게 절여진 속내 펼쳐놓고
저수지는 하늘이 된다
그럴 때면 물별이 떠다니는 하늘

바다로 죽으러 가는 강물을 부러워 않는다

　　　　　　　　　—「물그림자」 전문

　다시 표제를 떠올려보기로 한다. "너는 멀고, 밀어낼수록 가
까워진다"(「주파수 한 줄에서」)는 단순히 물리적인 거리만을
의미하지 않는다. '밀어냄'이 주는 의미 중 하나는 곁에 두지
말아야 할 것이고, 또 하나는 곁에 두고 싶지만 없는 것이다.
다시 말하자면 하나는 '욕망'이고 다른 하나는 '희망'이다. 그
러므로 "너"라는 대명사는 욕망과 희망 무엇으로 읽어도 좋다.
언뜻 보면 욕망과 희망은 상반되는 마음이지만 가만히 관념을
형상화하면 둘은 동질임을 알 수 있다. 조정이 시인은 이런 마
음의 갈등을 '번뇌'라고 읽었을지도 모른다. 속에 눌러 담고
녹이는 수행의 과정에서 끊임없이 산란하는 갈등은 정도의 차
이는 있겠지만 일상에서 흔히 만날 수 있는 감정이나.
　시집 『너는 밀어낼수록 가까워진다』는 이런 갈등을 잡아내

는 감각이 탁월하다. 「물그림자」에서도 시인의 내면은 한결같다. "저수지는 강물이 되지 못한다고 투덜거리지 않는다"가 함축한 의미는 상당하다. "저수지", "강물", "바다"는 정동(靜動)과 대소(大小)의 흐름이다. "저수지" 같은 화자는 "투덜거리지" 않지만 시인은 속내에 있는 투덜거림을 읽어내고 또 "부러워하지" 않지만 부러워하는 내심을 읽어낸다. 지니고 있지 않은 것들에 대한 막연한 동경은 자칫 욕심이 된다. 그것을 참고 견디는 과정을 종교와 문학은 다르게 말하지만 조정이 시인이 보여주는 시세계는 다르면서도 다르지 않은, 나뉜 듯하면서도 포개진 양상을 띤다. 그러므로 "허리를 풀어 담수로 앉아 느긋해질 때까지"는 수행과 시 쓰기가 크게 다르지 않음을 고백하는 것이며, 또 "파랗게 절여진 속내 펼쳐놓고/ 저수지는 하늘이 된다"는 수행과 시 쓰기를 거치면서 얻은 울림의 증거인 셈이다.

이런 시세계는 시집 곳곳에서 어렵지 않게 찾아낼 수 있는데, 조정이 시인은 우리들의 이웃일 수도 있는 주변을 호명하여 그들의 속말에 귀 기울이기를 주저하지 않는다.

이명자 김명자 박명자 최명자

비밀스런 물기를 품고 있던 그녀들

— 「명자꽃」 부분

이따금 먼지 묻은 대야를 닦아준다
까끌한 손이 닿을 때마다
한 종지 삼천 원 오천 원, 할머니를 흉내 내는
또 하나의 얼굴

—「세숫대야」 부분

곯은 배로 아이를 품고
동굴 벽에 붙어 숨죽이던 어미를 기억하는 듯

애월 오름 양머위꽃
아직도 불안하게 떨고 있다

—「빌레못 동굴」 부분

명자나무 가지를 다듬으며 "명자"라는 이름을 가졌던 그녀
들의 "속살" 같은 기억을 떠올리는 일이나, "망원시장 난전"에
서 콩을 파는 "노파"와 콩이 담긴 "세숫대야"를 등치 시켜 "이
골목 저 골목" 떠돌며 함께 늙어간 삶에 눈길을 두는 일이나,
아직 채 마르지 않은 핏빛 역사의 한 페이지에 참여하는 일이
나, 시인은 "동굴" 같은 터에서 서럽고 힘들게 살던 이들을 외
면하지 않는다. 그들의 곁에 시인이 있다는 건 그나마 다행일지

도 모른다. 세상엔 호명되지 못한 무명의 얼굴들이 수없이 많다. 그들을 일일이 불러내는 건 불가능하다. 그럼에도 가까운 곁부터 차츰차츰 새로운 의미가 되어가는 이들이 있다는 건 다행이다. 그들이 끝내 말하지 못했던 속말은 무엇이었을지 몇몇 소리를 들어본다.

진흙 밭 벗어나지 못하고
등 따습게 기댈 수 있는
토굴 하나 짓는 일을
가장의 몫이라 생각했나 보다

퇴직연금 뚝 떼어
펄밭에 앉힌
눈부신 토굴 한 채

집게발 벌겋게 익은
그때 아버지처럼
그때 당신처럼

—「오직」 부분

"농게"로 비유된 "아버지"나 "당신"은 "그때"라는 과거를

소환한다. 과거에는 알지 못했던 무엇을 시간이 흐른 후에 알게 되는 경우가 많다. 알지 못했던 무엇은 결국 누군가의 속말이다. 그때의 마음을 오롯이 느끼는 일, 그리고 그 마음을 더 듬어 읽어주는 일이 바로 시가 아닐까? 겨우 "토굴 하나 짓는" "농게" 같은 삶이지만 그 작은 터 하나를 위해 삶을 쏟아 부은 이 땅의 "아버지"와 "당신"은 흔하고 흔하다. 그들의 "헐거워진 집게발"에서 떨림을 찾아내는 건 시인이기에 가능할지도 모른다.

"다 털어먹고 들어온 고향" 언덕에서 흑염소를 키우다 떠난 "장 영감"(「오후 두 시가 비었다」)의 이야기나, "호미 끼고 흙밭에 퍼질러 앉아/ 평생을 뒹굴"다가 떠난 "상동댁" 이야기처럼 삶과 죽음의 영역까지 보듬는 시인의 체온은 남다르다. 아마도 시인이 이런 체온을 지닐 수 있던 까닭은 "굽은 등"과 "언덕"처럼 세상의 중심에서 소외된 이미지를 보듬으며 차별과 맞서고자 하는 몸짓이었을 것이다.

"언덕길에서 주인 기다리는 흑염소들/ 공평한 햇살과 공평한 그늘을/ 나누어 뜯고 있다// 장 영감 오르던 언덕이/ 평평해지고 있다"(「오후 두 시가 비었다」)라는 사유는 그래서 세상에 많은 질문을 던진다. 누군가는 물음을 던지고 또 누군가는 그 물음에 답을 한다. 시는 대답보다 물음에 가깝다. 그리고 시인이 던지는 물음은 보통의 느낌보다 안쪽에 있다.

성에 낀,
겨울 아침
허공에 두른 천막처럼
거미 한 마리 유리에 엎드렸다

지난 가을
키 높은 유리벽에서
왼쪽에서 오른쪽으로 문장을 읽어내듯
몸을 흔들거리던 사내다

찬 빌딩 벽에 붙어
대출받은 학자금을 갚아내기 위해
얼어 있는 바깥세상을 걷어낸다던 창호일까

창문에 매달려
언 풍경을 녹여내야 오는 봄
두꺼운 유리문 안과 밖으로 계절이 갈라져 있다

거미는
검은 성에로 엉긴 줄을 풀며
봄으로 가는 길을 낸다

얼룩진 몸을 허공에 걸고
겨울을 닦아내고 있다

— 「줄을 풀며」 전문

높은 곳에 있어도 낮게 사는 사람들은 위태롭다. 빌딩 안쪽이 아니라 바깥쪽, 의자가 아니라 밧줄에 매달린 "사내"는 보이지 않는 신분과 계급으로 나뉜 세상을 꼬집는다. 안쪽의 높은 곳과 바깥쪽의 높은 곳은 다르다. "사내"가 줄을 타는 까닭은 겉으로는 "대출받은 학자금을 갚아내기 위해"서지만, 속으로는 "창문에 매달려/ 언 풍경을 녹여내야" "봄"을 맞을 수 있어서다. 이런 "봄"은 얼마나 아플까? "얼룩진 몸을 허공에 걸고/ 겨울을 닦아내"야만 하는 일이 오롯이 "사내"만을 위한 "봄"이 아니라는 사실을 이미 알고 있기에 더욱 그렇다. 유리창 안쪽의 높은 사람들은 "사내"의 위험을 담보로 여유롭게 "봄"을 맞는다. 이것은 단순히 노동이나 신분의 차이가 아니다. "유리창"은 눈으로는 안과 밖을 자유롭게 드나들 수 있지만 그 투명함의 이면에는 차갑고 딱딱한 경계가 있다. 그러므로 "유리창"은 착시다. 이런 착시는 누가 만든 것일까?

「오후 두 시가 비었다」에서 말한 "공평한 햇살과 공평한 그늘"은 그래서 더욱 되새겨야 할 사유다. "공평"이란 똑같다는 것이 아니란 걸 모두가 안다. 시인이 말하고자 하는 "공평"은 사람을 사람의 체온으로 바라보자는 것이다. 빌딩 외벽 유리창을 닦는 "사내"를 바라보는 안쪽 사람들의 눈길과, 아래에서 고개를 들고 높은 곳에 매달린 "사내"를 바라보는 시인의 눈길은 분명 다를 것이다. "겨울을 닦아내고" 있는 마음을 헤아릴 줄 아는, 그 모습을 오래 지켜보며 함께 세상의 겨울을 닦아내는 일이 시인의 자세 중 하나가 아닐까?

버려진 검정개 한 마리
목줄도 없이
평지저수지 둑에서 운다

불목하니로 살아
장작더미 속에 뒹굴다
하늘로 오른
도솔암 윤 거사가 곡주 절어 내뱉던
소리로 운다

인간 몸 받지 못했구나

공양간 비벼놓은 나물밥도
불어 터져야 챙겨 먹던 처사
몇 번 생을 벗어야
한뎃잠 면할 수 있으려나

벚꽃 지는 아침
윤 거사 바람에 머리를 맡긴 채
곡주에 취해 운다

—「佛, 떠돌다」 전문

형식과 체면은 껍데기다. 겉은 얼마든지 꾸밀 수 있다. 이런 꾸밈 안쪽을 들여다보는 눈은 쉽게 얻을 수 없으며 욕망은 그 것을 방해한다. 그래서 사람마다 사물을 보고 느끼는 정도가 다르다. 시인은 사물 안쪽의 소리를 들을 줄 알아야 한다. "목 줄도 없이/ 평지저수지 둑에서" 울고 있는 "버려진 검정개 한 마리"를 단순히 시끄럽게 개 짖는 소리로 듣는 사람도 있을 것 이고, "도솔암 윤 거사가 곡주 절어 내뱉던/ 소리"로 듣는 사람 도 있을 것이다. 이런 차이는 어디에서 생긴 것일까? 사물 안쪽 을 들여다보는 눈은 다름 아닌 바로 그 사람의 심상이다. 「佛, 떠돌다」에서 시인은 사람으로 윤회하지 못한 "윤 거사"와 마 주친다. 윤 거사는 일생 "불목하니"로 사찰에서 일하던 사람이 다. 염불을 외고 천 배를 한다고 모두 부처가 아닌 것처럼 시인 은 형식적인 예불을 에둘러 꼬집는다. 어쩌면 "윤 거사"의 삶 은 "불목하니" 자체로 수행이었을 것이다. 형식과 체면이라는 겉을 버리고 직접 몸으로 헌신하는 모습에서 이미 부처의 길을 깨우쳤을지도 모른다. 하지만 그의 도행은 여전히 진행 중이다. "공양간 비벼놓은 나물밥도/ 불어 터져야 챙겨 먹던" 모습은 나보다 다른 사람을 먼저 생각하는 "윤 거사"의 실천적 삶을 여실히 말해준다. 그러니 "곡주"가 대수였을까? 화자는 그가 열반에 오르고 인간으로 윤회하길 간절히 바랐을 것이다. 불교 에서 말하는 인연의 겁(劫)은 쉬 떨칠 수 없는 무게다. 몇 겁이 인연인지 알 수 없는 재회의 순간. "인간의 몸 받지 못"한 "윤

거사"를 보며 화자는 그가 언젠가는 불(佛)에 이를 것임을 의심
하지 않는다. 시인은 틀에 박힌 수행과 "목줄도 없이" 떠도는
고행의 차이를 대놓고 비교하지 않는다. 하지만 마치 검정개의
머리를 쓰다듬듯 "벚꽃 지는 아침" 바람에 흘려보내는 시인의
속마음을 눈치채지 못할 사람은 없을 것이다.

　이처럼 조정이 시인은 시적 대상과 교감할 때 지나치게 가까
워지지도 않고 지나치게 멀어지지도 않는다. 이런 까닭은 각
사물이 지니고 있는 속말의 무게가 다르며 그 무게에 따라 각
기 거리를 다르게 해야 한다는 것을 경험으로 알고 있기 때문이
지 않을까?

　　　그래, 너는 아무 잘못 없다

　　　올려다 본 죄일 뿐

　　　　　― 「독과」 전문

　현상과 현상 안쪽의 이미지는 다르다. 시는 현상 안쪽을 건
드린다. 그래서 시인은 안쪽의 언어에 집중한다. 안쪽의 언어를
어떤 사물에 담을지 그것은 시인의 선택이다. 그때 비유나 상
징이 발생한다. 「독과」는 독이 든 열매로 읽으면 된다. 이때 독

(毒)은 실제의 독이 아니라 독으로 치환된 다른 대상으로 봐야한다. 이것은 "너는 멀고, 밀어낼수록 가까워진다"(「주파수 한 줄에서」)에서 한차례 말했듯이 욕망과 희망을 동시에 품고 있는 "너"와 크게 다르지 않다. "올려다" 보지 말아야 할 것을 올려본 것이 "죄"가 되는 세상은, "봄으로 가는 길을" 내기 위해 "얼룩진 몸을 허공에 걸고/ 겨울을 닦아내고" 있던 "사내"(「줄을 풀며」)의 심정에 상당 부분 맞닿아 있다.

성경 창세기에서 아담과 하와가 '선악과'를 따먹은 이유가 신의 눈을 갖고 싶은 욕심이었던 것처럼 때론 올려다보는 것이 어떤 욕망으로 작용할 수도 있다. 하지만 이 시에서 "독과" 는 욕망이면서 동시에 희망이다. 그렇다면 누군가 품은 희망이 "죄"가 되는 세상은 처절하다. 2연 2행의 짧은 시편이 다양한 질문을 던질 수 있는 까닭은 현상으로 드러난 것이 아무것도 없기 때문이다. 그럼에도 진술은 관념을 벗어나 구체적이고, 진술이면서 동시에 질문이 되는 문장의 도착점은 "독(毒)"이다. 독이 약이 되고 약이 독이 되는 세상에서 우리는 시인이 말한 "독"을 해로움으로 읽어야 할까? 아니면 이로움으로 읽어야 할까?

대숲 위로 검은 무희들 솟구친다

무서운 건 부리가 아니라 눈빛이다
강물이 엎드린다
댓잎이 낱낱이 날을 세운다

백번 죽고 백번 깨어나도 너는 검은 유랑민이다

눈빛 날개 감추고
춤을 춘다, 비명은
검은색으로 달려온다

댓잎에 걸린 함성이 군무다

먹물로 풀린 구름 속에서
짙은 대숲이 굽어질 때까지
속살을 풀어내는 일은 쉽지 않다

더럽혀진 이름 칼날 위에 올려놓고
날개 퍼덕이면
굽은 대나무 솟아오를 때
흰빛으로 태어날 수 있을까

춤으로 풀어내는 몸짓이 기도다

—「烏·解」 전문

까마귀는 흉조를 상징한다고 알려졌다. 아마도 새까만 모습 때문일 수도 있다. 하지만 삼족오(三足烏)가 신성한 길조인 것을 보면 까마귀가 흉조인지 길조인지 정의하는 것은 무의미하다. 자신의 의지와 상관없이 타자에 의해 정의되는 것 중 하나가 선입견이며, 선입견은 수시로 '오해'를 일으킨다. 이때 겉모습은 하나의 관념을 만드는 데 많은 영향을 끼친다. 그러니 까마귀도, 까마귀 같은 사람도 할 말이 있을 것이다. 그것을 "解"라고 풀어보면 어떨까?

「烏:解」는 동음의 '오해(誤解)'를 차용하며 고정관념에 맞선다. 그럼에도 "백번 죽고 백번 깨어나도 너는 검은 유랑민"처럼 이미 굳어진 관념을 바꾸기는 쉽지 않다. 오해라고 말하고 싶지만 까마귀들이 할 수 있는 건 "춤"을 추는 게 전부다. 시인은 그들의 춤사위를 본다. "검은 무희들"의 몸짓은 간절한 "비명"이며 "기도"다. 겉을 벗고 "속살을 풀어내는 일"은 "부리가 아니라 눈빛"이다. 이것이 시와 상통하는 부분이다. "속살"의 이미지는 이제껏 조정이 시인이 다루었던 "속말"과 같다. 누군가는 겉을 보여주고 누군가는 속을 보여준다. 그리고 이 두 경우는 혼재한다. 그 어디쯤에서 발생하는 '오해(誤解)'는 편견이나 선입견의 단면이다. 이직(1362~1431)의 시조 「가마귀 검다 하고」의 종장, "겉 희고 속 검은 이는 너뿐인가 하노라"는 지금도 유효한 진술이다. 누군가의 몸짓은 절실한 기도다. 그 기도에 귀 기울이는 일과 사물의 속말을 옮겨 적는 일은 같으며, 그게 시다.

초사흘 달이 마당을 쓴다

백령도쯤에서 날아올 눈발처럼

눈 소국 덮은 저녁이 희끗하다

너에게로 기울어진 저녁과

달빛이 구별되지 않는 밤

주머니에서 만지작거리던

시월의 꼬리를 꺼내본다

문득 다가오는 눈발이

곡선으로 서 있던 밤을 쓸고 간다

— 「상강」 전문

조정이 시인의 시세계는 '주변'과 '낮음'과 '오해'와 '고행'을 모른척하지 않으면서도 지나치게 간섭하지 않고 긴장을 유지한다. 때론 한없이 고요하고 때론 한없이 인간적이다. 시인이 짚은 서사는 자극적이지 않고 깊다. 이런 면에서 「상강」은 시인을 한 측면에서 바라보기에 충분한 작품이다.

"상강"은 말 그대로 서리가 내리는 절기다. 상현달이 되기 전 "초사흘 달"이 마당에 빛을 뿌리는 모습을 그려본다. 시인은 그 모습을 "초사흘 달이 마당을 쓴다"라고 묘사하고 있다. 이 한 줄만으로도 "상강"이 갖는 느낌을 전달하기에 부족함이 없다.

그 무렵에 첫눈이 내린다. 고즈넉하게 무언가를 떠올리기 좋은 분위기다. 이런 날 속엣말을 꺼낸다면 "누군가의 귓불에 닿기 전에 녹아 없어"(「속엣말」)질 것만 같다. 「상강」은 움직임에서 고요함을 꺼낸다. 움직임에 눈길을 두어도 고요함에 눈길을 두어도 상관없다. 시월의 끝자락에 서서 지나간 "시월의 꼬리를 꺼내"는 일은 두근거림이다. 눈발처럼 다가오는 어떤 기억에 잠시 흔들려도 좋다. "초사흘 달"은 일찍 뜨고 일찍 진다. 이런 밤이라면 망설이지 않고 몰래 속말을 꺼내도 좋지 않을까?

속말이란 닫아둔 말이다. 시는 열어놓은 말로 닫아둔 말을 꺼내는 일이다. 조정이 시인이 두 번째 시집 『너는 밀어낼수록 가까워진다』에서 보여준 속말은 부드럽고 예리하다. 그건 마치 "초사흘 달"의 외관처럼 짙은 어둠에서 던지는 눈빛 같다. 어쩌면 "곡주에 취해" 울던 "윤 거사"(「佛, 떠돌다」)의 눈빛이나, "윤 거사"를 바라보던 시인의 눈빛이 그러하지 않았을지. "더 이상 꽃이 아닌/ 바닥의 꽃잎들"(「먼지가 되어」)과 "동그마니 남아있는 꿩알 일곱"(「감나무 밭에서」)처럼 낮은 곳의 삶과 죽음에 시인은 손을 내밀기를 주저하지 않는다. 그래서일까? 시인이 들려준 기도 '광명진언(光明眞言)' - "옴 아모카 바이로차나 마하무드라 마니 파드마 즈바라 프라바를타야 훔"(「감나무 밭에서」)-은 이 시집의 사유를 지탱하는 뿌리이며, 시인의 몸속에서 오래 쌓이고 오래 녹아 흐른 진짜 속말이라 해도 좋을 것이다.

시와소금 시인선 127

너는 밀어낼수록 가까워진다

ⓒ조정이, 2021, printed in Seoul, Korea

초판 1쇄 인쇄 2021년 04월 01일
초판 1쇄 발행 2021년 04월 05일

지은이 조정이
펴낸이 임세한
디자인 유재미 정지은
펴낸곳 시와소금
등록번호 제424호
등록일자 2014년 01월 28일
발행 강원도 춘천시 충혼길20번길 4, 1층 (우·24436)
편집 서울특별시 중구 퇴계로50길 43-7 (우·04618)
전화 (033)251-1195, 010-5211-1195
이메일 sisogum@hanmail.net
다음카페 hppt://cafe.daum.net/poemundertree

ISBN ISBN 979-11-6325-029-6 03810
값 10,000원